读客艺术文库

熊猫君激发个人成长

东京日和

[日] 荒木阳子
荒木经惟 著

罗嘉 译

文汇出版社

图书在版编目（CIP）数据

东京日和 /（日）荒木阳子,（日）荒木经惟著；罗嘉译. -- 上海：文汇出版社, 2023.8
ISBN 978-7-5496-3890-1

Ⅰ.①东… Ⅱ.①荒… ②荒… ③罗… Ⅲ.①随笔-作品集-日本-现代②摄影集-日本-现代 Ⅳ.①I313.65 ②J431

中国版本图书馆CIP数据核字(2022)第173172号

Tokyo Biyori
Copyright © 1993 by Yoko Araki, Nobuyoshi Araki
First published in Japan in 1993 by Chikumashobo Ltd., Tokyo and republished in 2010 by Poplar Publishing Co., Ltd., Tokyo
Simplified Chinese translation rights arranged with Poplar Publishing Co., Ltd. through Japan Foreign-Rights Centre & Bardon Chinese Media Agency
Chinese simplified translation copyright © 2023 by Chu Chen Books.
All rights reserved.

著作权合同登记号：09-2022-0784

东京日和

作　　者 /	［日］荒木阳子　荒木经惟
译　　者 /	罗　嘉
责任编辑 /	陈　屹
特约编辑 /	郝志坚　　王晓琪
封面设计 /	于　欣
出版发行 /	文汇出版社 上海市威海路755号 （邮政编码200041）
经　　销 /	全国新华书店
印刷装订 /	河北中科印刷科技发展有限公司
版　　次 /	2023年8月第1版
印　　次 /	2023年8月第1次印刷
开　　本 /	880mm×1230mm　1/32
字　　数 /	145千字
印　　张 /	10.25

ISBN 978-7-5496-3890-1
定　　价 /　95.00元

侵权必究
装订质量问题，请致电010-87681002（免费更换，邮寄到付）

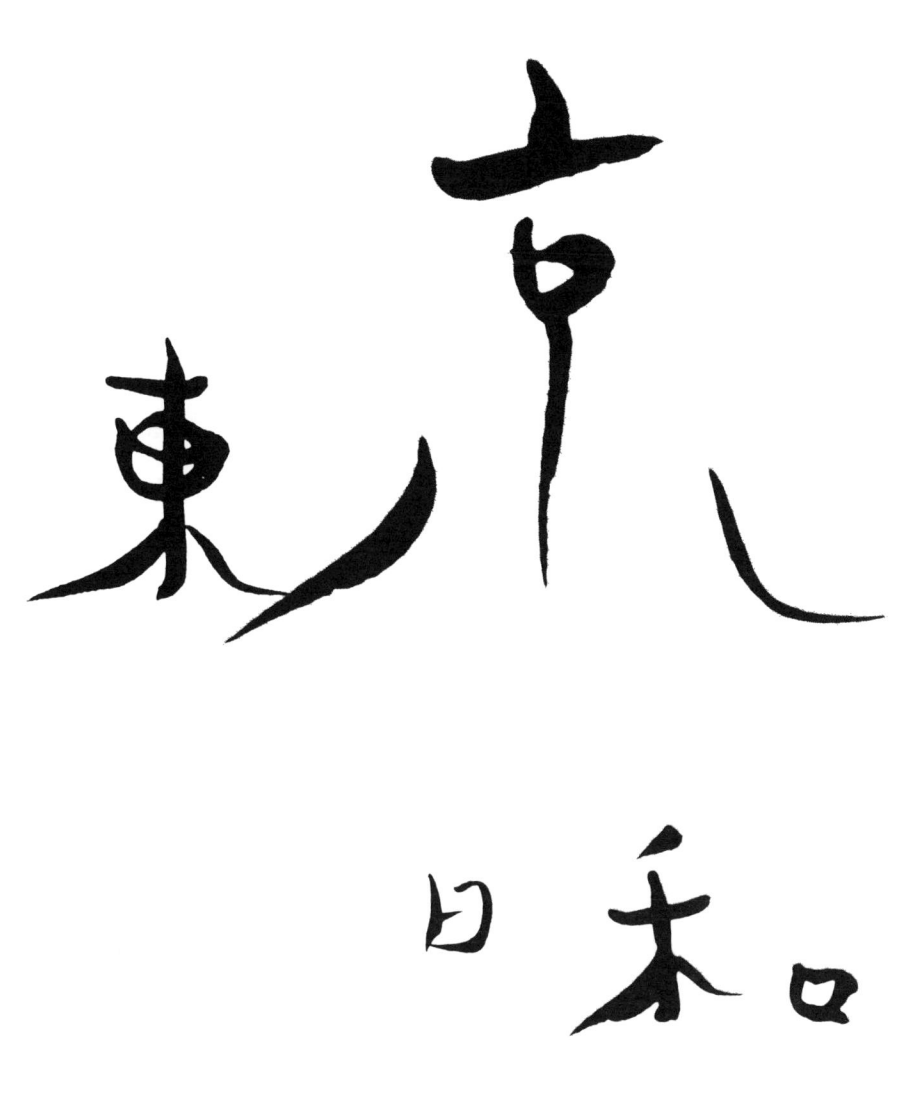

東京日和

序 | 荒木经惟 文

我的摄影人生，始于与阳子邂逅之际。

1963年，我进入电通公司，很快结识了档案科的阳子，开始了我的摄影人生——公司夜深人静的摄影棚、约会的时光、旅行的时候……1971年结婚，我们将蜜月旅行时所拍的照片整理成《哀愁之旅》并自费出版。自那以后，我的镜头只对着阳子，在阳子写的随笔《阳子，我的爱》《第十年的哀愁之旅》(1982)、《爱情生活》(1985)、《痴醉》(1987)、《爱情之旅》(1989)中，均有所展现。

随后，我开始在《思想科学》杂志连载《东京日和[1]》。两人在东京的街道走上一天，畅快地吃喝，是多么的开心。我只想一直这么继续下去，可连载第三期刚刚刊出，阳子入院了。1990年1月27日，她离我而去。

虽说连载只刊出三回，可我还是想把阳子最后的随笔结集出版。

和Chiro[2]，过着孤单的生活。一个人走在路上思念着阳子拍的《东京日和》，所有这一切都献给我深爱的阳子。

1　日和：太阳和暖。天朗，风和，气清。
2　Chiro：两人养的一只猫。

目 录

001
东京日和

050
初次的盂兰盆节

200
在废墟上

248
独自走在东京日和的路上

316
后记

东京日和 | 荒木阳子 文

月岛[1] 一　带

---

[1] 月岛：东京都中央区的地名。明治时期，隅田川河口经填埋而造出的人工岛，初时名为筑岛，后更名为月岛。

周末的早晨（说来也已经十点十一点了），我迷迷糊糊地从床上爬起来，打开客厅的音响。João Gilberto[1] 低声吟唱的 *The Girl from Ipanema* 响起。Astrud Gilberto[2] 温婉的歌声，伴着 Stan Getz[3] 凄艳的萨克斯旋律回荡在室内。客厅里回荡着巴萨诺瓦的旋律，我陶醉在无限的幸福中。

生活就是这样嘛，周末的早晨要有这样的开头才好。

此时，老公完成了一天的必修课，写好日记走了过来。糟糕，我刚一感到不妙，他就打开了电视开关。"音乐放着没事儿，正好当背景音乐。"他开口了。怎么可能，电视画面是杉良太郎主演的时代剧《新五捕物帐》[4]，巴萨诺瓦的旋律怎么能当背景音乐。真没办法，我直想哭，只好关掉音响。有时想想，他真是个爱看电视的男人呀，让人没法说。要是没有电视传出各种各样的声音、可有可无的画面，他好像还真会坐立不安。得之不易的周末早午餐[5]，本想浪漫一下，谁知梦想就这样破灭了。好吧，这样也行，今天要一起去热带植物园，天也晴朗得出奇。

1　João Gilberto（1931 年 6 月 10 日—）：若昂·吉尔伯托，吉他弹唱的巴西歌手。巴萨诺瓦音乐创始者，被奉为"巴萨诺瓦之父"。
2　Astrud Gilberto（1940 年 3 月 29 日—）：艾斯特·吉芭托，巴西女歌手。后嫁予 João Gilberto。其巴萨诺瓦这种巴西音乐中，经常加入美国流行风格和爵士元素。
3　Stan Getz（1927 年 2 月 2 日—1991 年 6 月 6 日）：斯坦·盖茨，萨克斯风手。是爵士乐界即兴演奏的代表人物。
4　《新五捕物帐》：日本早期侦探作品。背景设定在江户时代，探案方式比较原始，全部仰赖人力、直觉或推理。因此，捕物帐也可以说是"纯粹"的推理小说。
5　早午餐：brunch，英语 breakfast and lunch 的合成词，意为迟吃的早餐，可顶午餐。

对梦之岛[1]热带植物园之所以感兴趣，源自老公最近出版的《东京物语》写真集。写真集的第五十七页，是三个半球状叠合在一起的建筑物，那种超现实感很吸引我。异次元空间的紧凑堆合，令人惊叹。但期望值太高，亲眼见过后，往往反让人失望。即便如此，我还是想亲眼一睹为快。欲望难抑，故决定利用黄金周的一天，和老公两人去一趟新木场。

在市谷换乘有乐町线，经过银座一丁目、新富町、月岛、丰洲，慢慢接近大海，总算到达了终点新木场。内部装修用了大量木材，走出来到外面再看，宛若西部剧里的无人城。车站旁只有两三间小饭店。道边上杂草飘悠，荡得人心烦。阴沟里臭味儿不知从哪儿飘来，好像在告诉大家，这里从前是垃圾掩埋场。两人无情无绪地往前走着。带着孩子的人，一波又一波，从对面流涌过来。估计是从热带植物园来的人吧，嗯，应该是的。两人你一言我一语，谈着谈着，心里着急起来。手表指针已接近四点，"不快点儿，恐怕要进不去门了。"让老公这么一说，很不是味儿，好像嫌我慢。

正如老公所料，在植物园四点关门前五分钟，我们才赶到。进入圆顶建筑后才发现，还排着惹人心烦的偌长队列。水池中漂着大大的鬼莲，小高地上泻下哗哗的瀑布，让人惊叹。而本当是主角的热带植物，却是在花店经常可见的那些，并不稀奇。看一下兰花根部，就知道是盆栽里移过来的，觉得索然无味。唯一令人眼前一亮的，是结满青绿果实的香蕉树。整体感觉，一切都安顿得过于齐整，给人以强烈的处于政府机关里的感觉。完全没有热带植物园该有的喧腾热闹，倒

---

[1] 梦之岛：东京都江东区南部。旧为垃圾掩埋场，后经填埋，改为公园。

像是植物园给冷处理,消过了毒。或许应在平日里没人的时候,一个人慢慢转悠才对,那样兴许才能体会出一些感觉吧。这权且不提,倒是名为热带植物园,却如此闷热。每个人都把手上的小册子当扇子,啪啦啪啦地扇着,何不到小卖部买把扇子呢?

出了植物园,两人已饿得前胸贴后背了。本想到近旁的梦之岛体育馆食堂去,没想到已然挤满带孩子的老老小小。没辙,还是到车站前吧。也就是说,还要走十分钟的路。闻着路边阴沟里臭烘烘的气味儿,迤逦走到车站,进到一间叫作吉田屋的甜品店。这里本来好像只卖甜品,可店门口还陈列了江米团子和柏饼[1]。两人从丰富的菜单里点了油炸豆腐面和拉面套餐(530日元),借着凉冰冰的啤酒干了杯。

"这家的油炸豆腐面不错。"
"对对对。其实,咸得这么重口的拉面,偶尔吃一次,也很不错哦。"

借着酒劲儿,两人越说越兴奋,周围的人用异样的眼神看着我们。

一顿午餐,总共才1460日元,便宜。饱餐之后,那就去月岛吧。一到月岛站,老公的表情已经有了微妙的变化,有些害羞,又有些激动。"嗯,那咱们先去那边吧。"首先带我去的好像是他的意中宝地(由于拍照的关系,他多次来过月岛)。虽说这地方感觉很旧,但整洁、干净,门前还都放着消防栓,里面种着各种绿色植物。从这条

---

[1] 柏饼:和果子的一种。用米粉做成外皮,摊成圆形,中间夹上豆馅再对折,包上槲树叶子,最后蒸好而成的一种点心。日本习惯上于端午节用此糕点作为供品。

巷子走到那条巷子，他脚步轻快，不时问："怎么样，不错吧？"他把自己的特别珍宝之地向我介绍。很久没来月岛了，连我自己都没想到，这唤起了我内心深处浓浓的怀旧之情。

我出生在千住，这里和我小学时的千住毫无差别。我家附近都是些躲过战争灾难的老房屋，居民都很爱干净，房门口的路边，总是收拾得干净利落。消防栓那儿，总是种着些八角金盘、葵花之类的植物。栽万年青的花盆里，扣着若干蛋壳。童年时的生活光景，宛若还留存在月岛。老公多次来月岛，那心境恐怕是与我相仿吧。他自己的出生地——挂着大木屐的三之轮木屐店，以及旁边的脆饼店，现在都已荡然无存。去净闲寺扫墓时，看到将两幢房子的遗址，改造成了停车场，让人煞感凄凉。

人总是在追寻失去的风景吧。在这种多愁善感的情绪中，也就走到了西仲商店街。"嘿嘿，大放假的，这些店还真都开着。早知如此，不如忍一下到这儿来吃。"老公事后聪明。

东京"文字烧"[1]的店门口，几个年轻人坐在外面的椅子上排队。店内飘出的香味儿直冲鼻官，我忍不住多吸了几下。"要不，下次咱们来吃东京文字烧吧。"我用胳膊肘碰碰老公。"不错，吃之前，先到澡堂子泡个澡，那才舒适呢……"我无端地兴奋着。

带着兴奋的余绪，我们从月岛走到了胜斗[2]，走到了让人怀念的胜

---

[1] 东京"文字烧"：以面粉为主料，加水加调味料调成糊状后，倒在刻有文字的铁板上烤制。是关东地区较为普遍的一种料理，尤以东京更为著名。

[2] 胜斗：东京都中央区的地名，位于隅田川河口。

斗桥。抬眼望过去，隅田川的河面，还是那么的宽阔，一如昔日。已然时过六点半，晚春的暮色里，不免有些凉意袭人。凭靠桥栏，眺望河面，不觉让人沉浸在一股异样的浪漫氛围中。就这样，两人在河畔相倚相靠，好似一年只相会一次的恋人，絮絮说着不知从前为什么把胜斗桥另劈出来一类的话。是否因在桥上之故，人类那种漫无边际的情绪才能如此无边无际，散发开来。

月岛和胜斗桥激起胸中一番波澜，我们觉得可去银座一家新开业的威士忌酒吧坐坐。虽说是新店，但建筑外墙是昭和四年（1929）的风格，那种雅致，使人感觉很好。地下的酒吧很舒服，从琳琅满目的酒单里，选中了玉米威士忌[1]。这可以说是波旁威士忌[2]的原酒，自然最合我们小民的胃口。或许是店里舒服的装潢，再配上优雅的音乐吧，老公反倒对来客颇有微词："玉米威士忌就这么一口吞下去了，一个个真够呛，太没意思了吧。"真所谓：人常好饮酒，鲜能品尝也。故他很看不上眼。或许就该让他在月岛，到常去的那种一般店喝上一杯的好。不过我摇了摇兴致寥寥的他，心想融入一家新店的氛围也算重要的修行。毕竟不可能兴致就换一家吧。

---

1 玉米威士忌（Corn Whisky）：用80%以上的玉米和其他谷物制成，贮存在旧橡木桶里。
2 波旁威士忌（Bourbon Whisky）：用51%—75%的玉米谷物发酵蒸馏而成，在新的白橡木桶中陈酿4—8年。酒液呈琥珀色，香味浓郁，口感醇厚，回味悠长。Bourbon，法国波旁王朝，显示王家气派。

梦之岛
热带植物园

不 知 何 情
 　　怀 月 岛

隅　田　川　在
晚春　时节
　缓　缓　流　淌

上　桥　斗　胜

东京车站　　画廊

每到雨季，有部片子总萦绕在脑际。那是 Alan Rudolph[1] 的电影 *Trouble in Mind*。片子里的街道，名叫"雨城"。那真是条奇异的街，交通工具是单轨电车。电梯里的引导员小姐，会说日语。盗匪头子（Divine 饰演）家里挂满了现代画，总之到处充满了奇妙，非常吸引我。最能打动我的，是 Marianne Faithfull[2] 的歌声。那宣叙调的沙哑嗓音，混合着都市的尘埃，仿佛年轻人在诉说苦闷，紧攥你的心。这样的电影，音乐赋予了画面更深的含义，从而能让画面更深地留在观众心里。Wenders[3] 的《德州巴黎》也是如此；Ry Cooder[4] 拨奏的吉他音色，让人怎么形容呢？最近 Percy Adlon[5]《巴格达咖啡厅》里的主题曲 *Calling You*，也有相当突出的表现。

六月的雨城东京，得碰上个出太阳的日子，才会心情爽朗。出去走走，否则也不能称其为"东京日和"了。可巧，这阵子气候又极不正常。正觉得淅淅沥沥的雨一时半会儿停不下来呢，转天啪的一个大晴天，是个吃面的好日子。你刚这么一想，又接连几天下起了雨，反复无常。"不管怎么说，雨天出门总不合适，有失于'东京日和'这个主题。"准备出行的那天，倒是应了老公那一板一眼的想法，虽说

---

1 Alan Rudolph（1943年12月28日—）：阿兰·鲁道夫，美国导演。生于美国洛杉矶，父亲是演员兼导演，孩童时代即在其父导演的影片中演出，长大后参加电视和剧场活动。1972年起任罗伯·阿特曼助理导演，1976年开始编剧，1977年起当正式导演。作品找寻特殊题材，能创造奇妙趣味，受人注目。

2 Marianne Faithfull（1946年12月29日—）：玛丽安娜·菲斯福尔，生于伦敦。父亲是一名军官，母亲曾是芭蕾演员。一曲 *As Tears Go By* 使 Faithfull 一炮而红。

3 Wenders（Wim Wenders，1945年8月14日—）：维姆·文德斯，德国导演。20世纪70年代"新德国电影运动"的代表人物之一。镜头冷静，影像不加过分修辞和剪辑。流浪与疏离，是 Wenders 电影永远的主题。Wenders 借此两元素在银幕上创造出一个充满诗意与虚空感的世界。

4 Ry Cooder（1947年3月15日—）：莱·库德，美国歌手、吉他手、作曲家。是 Wenders 的长期合作伙伴。他的乐声每每成为主角的化身，适切地传达出影片的中心主题。

5 Percy Adlon：柏西·艾德隆，德国导演。

六　月　　的
　雨　城　东　京

东 京 车 站 的
　高 架 桥 下

算不上是大晴天，也还算是个和煦的日子。

"去车站画廊看看惠特尼美术馆展吧，看完，带你去车站酒店的玫瑰餐厅吃饭。"东京向导荒木先生一边说一边点头，迈进中央线的快速口，一路向东京站出发。在丸之内站口，仰见久未见到的红砖屋顶，又一次深感红顶的辉煌。在此之前，东京站于我而言不过是旅途起点一般的存在，因此不禁有些惊诧，一心钻研着外国的知识，反而忽略了日常的风景。

车站画廊的入口，很容易就找到了。映入眼帘的，是砖墙围着的大屏幕和奇怪的拱门，感觉极不协调，可里面却异常华丽。墙壁、棚顶上古典式的灯，洒落出华美的光，楼梯扶手画出的优美曲线，好似在邀我们更上层楼。展厅前有家漂亮的画廊咖啡馆。"要不，看展览前先喝杯茶去。"我们决定先进去坐坐。棕色吧台里，三个打蝴蝶结的男服务生，表情严肃地干着活儿。我们在咖啡色圆桌前坐下，点了奶茶和冰咖啡，边喝边议论着吧台内的服务生。

"那个人肯定是开电车之类的吧。"
"改成JR[1]后，转行来干这行，真挺不容易的。"
"干这行其实不也挺有意思。"

诸如此类，我们擅自猜测着，还嫌不够，真叫过来一个打蝴蝶结的服务生询问道：

1　JR（Japan Railways）：日本的大型铁路公司集团。

"原先,您是开电车的吗?"不知为什么,边说我边比画着转方向盘的动作。

"哦,不是。我是负责检票的。"

他抹着玻璃杯回答。由此(碰巧店里也没什么客人)我们就聊了起来。聊天当中让我印象最深的是,说检票口的一个中年男子(说不上哪儿总让人感觉有些心神不定,卖票动作也不纯熟),之前在青函联络船[1]上当乘务员,现在只身来到东京,到陌生的艺术世界里来打拼。

展厅共有三间。进到一号展厅,眼前豁然——光洁的木地板,四壁白墙,高挑的屋顶,宽敞的空间,只悬挂几幅大号的抽象画。整体感觉就像纽约的 SOHO LOFT 一样。只有高屋顶,才配得上抽象画。真的很时髦,宛如电视广告里的空旷世界。艺术品成了室内装饰的一部分,不会让你心烦,无丝毫的压迫感。另一间屋子却说变就变,整体变为深色调。在凹凸的砖墙映衬下,稳重,踏实,如同置身于艺术的暗部世界一样,很合我的胃口。我凝神看过来,非常喜欢 Jim Dine[2](我家卧室挂有一幅他的"浴室·绳子"海报)的绳子系列油画,和 George Segal[3] 的石膏人像作品。等身大的雕塑一脸疲倦地坐在 x 行李箱(实物)上,旁边放着一只软趴趴的手提包(实物),上方居然还有空调的送风口,实在是细致入微。这个作品标题为"车站"。

---

[1] 青函联络船:旧时国铁联结青森和函馆的铁路联络船。明治四十一年(1908)开始航运。青函隧道开通后,昭和六十三年(1988)JR 津轻海峡线开通后废除。

[2] Jim Dine(1935 年 6 月 16 日—):吉姆·戴恩,美国画家。他与 20 世纪 60 年代的波普艺术运动紧密相关,参与创造了将戏剧、音乐和视觉艺术综合在一起的自发娱乐"事件"。

[3] George Segal(1924 年 11 月 26 日—2000 年 6 月 9 日):乔治·西格尔,美国别具一格的雕刻家、画家。

摄自
玫瑰餐厅

"真了不起，未免太真实了吧。"我兴奋地对老公说。可老公却告诉我，据说画家是把浸过石膏液的绷带直接缠在人体上做出来的，听上去挺恐怖，我反倒更感兴趣了。的确，对现实、现物直接翻刻，蛮有意思。这一类东西总能深深吸引我。

第三间展厅让我兴奋的是 Claes Oldenburg[1] 用塑料做的手动榨汁机。本体是奶油色，把手为黑色，搅拌柄由银色及黑色塑料做成。这个手动榨汁机，软乎乎的，以一种无法形容的样子低垂着，从屋顶挂下来。其实很可爱。真正的榨汁机，谈不上有丝毫可爱，可却有搅拌鸡蛋和生奶油的功能，是一个道具。Oldenburg 的榨汁机，虽说可看不可用，感觉上还像是赋予了作品生命。虽说有些小小的抱怨（新作品应该再多些，展厅里的数量还是少了点儿……），我们还是享受了一段轻松的时光。要是没有那些怪异的框子、玻璃，心情会多好啊。艺术不应该脱离其本身，应该以最平常的方式展示出来。老公心情正好，想让我站在 Segal 的 "车站" 前拍照，可是到事务所去交涉，因学艺员不在等理由，最终没得到许可。"真是的，连老子是谁都不知道！"看到荒木满脸愤愤，让我想起刚才他说的话："咖啡馆里戴蝴蝶结的那几个先不去说，这些画怎么着也该装饰得显豁易懂些吧。美术馆的工作人员多少该学点儿美术才对！"诸如此类，让人感觉这与他刚才的情绪反差太大了。他时不时地总是露出本相。在不懂的人看来，现代艺术不过就是胡乱涂抹而已。而在另一些人眼里，艺术就是个买卖，这么一想，艺术家实在是像一位华丽而孤独的疯女子。

从画廊出来，已近三点，肚子也饿了，当然是去车站玫瑰餐厅吃

---

[1] Claes Oldenburg（1929年1月28日—）：克莱斯·奥登伯格，美国雕刻家。波普艺术的代表人物之一。代表作为硕大的石膏汉堡，另有用塑料等日常物品做成的"软雕塑"。

饭。"走这边,可以抄近道。"老公指路,我东张西望地跟在后面。

穿过弯弯曲曲的过道,上了台阶,进入西洋式酒店——玫瑰餐厅。顶棚很高,看上去很整洁,客人不多,巴洛克音乐静静地回荡在室内。我点了三明治和红茶。可以看到窗外颜色各异的电车交错驶过。"上次在这儿等电车的时候,正在读国木田独步的《命运》。"老公说道,"中饭时间这儿可以吃咖喱饭。"窗外可以看见两层的新干线。"呃,还没坐过呢,对呀,这阵子哪儿都没去,真想去哪儿转转,可 Chiro 多可怜呢……"我捏着三明治,嘟囔着。环境太过安静,又没酒精作用,声音显得异常干涩。

接下来该做什么谁都没想过。不管如何,先出去再说。沿着JR的高架桥下溜达着走过烤鸡肉串店、小酒馆、麻将屋。等发觉时,已经到了家附近神田的锻冶街了。今川小路小铁桥下的酒馆一条街上,看到大妈们忙碌地准备着下酒菜,鱼呀菜的,炖的煮的,香气扑鼻。走过这条街再往前,杂乱的建筑,纵横的小路,各式招牌,人头攒动,神田站到了。置身于鳞次栉比的游戏厅,闪闪烁烁的走珠灯,我心想,艺术的高雅还是没能战胜现实的纷乱。看吧,现实中这惊人的猥琐!从没有人因艺术的感动而晕厥,可这烦躁,却让我胸口阵阵恶心,搁神经脆弱的人恐怕就受不了了。

之后我们汇入职员、白领和学生的人流,出了神田车站后面的小道。在"松屋"吃了荞麦面,在"竹村"吃了冰镇凉粉和年糕红豆汤。可心里总还留着个事儿,那就是,真想在神田车站前的老虎机上,好好地博它一把。

锻冶街的
今川小路

心里　想着　站前　的
　老　虎　机

七月的《东京画》

七月七日七夕节是我们的结婚纪念日。结婚已有十八年了，真让人难以置信。我们变了吗？夫妇间的默契已经达成了吗……不知道，也许什么都没变，也许相互更能包容了。接受采访时，经常有人问夫妇间和谐的秘诀是什么。哪有谁会刻意去注意这个呢，这么想着，也就爽然答道："也许是小时候的生活环境比较相似吧，两人直接就很能理解对方。真的，说不上为什么就能互相明白……"回答是回答了，还是有些搞不懂。即便真如所言，说出来，倒好像是撒谎，心里很不爽。其实，夫妇间的感情，用话来说，反倒不好。虽说两人一心同体，也按照各自的方向各自坚持。伤害了对方后，突然醒悟，像赔罪似的，又一起去讨好 Chiro，这心情怎么形容呢，很难。

每年七七结婚纪念日，多是下雨，今年例外。清晨起来，天气晴朗。"今天这是最棒的东京日和了。"老公心情分外好。去入谷的牵牛花市转转吧，两人商谈着。"这之前，还是先去看 Wim Wenders 献给小津安二郎的《东京画》[1]吧，"两人越谈越兴奋，"那就早点儿出门吧。"一点半出门，谁知在大门口碰上了 Chiro。两人一起出门呀，喵呜，Chiro 生气地抗议。

有乐电影院两点三十五分那场，坐了有八成人。给人感觉观众性格都不是很明快，大概 Wim Wenders 和小津安二郎两人的粉丝，性格大多阴暗吧，我自己就是这样。电影放在小屏幕上。小津《东京物语》的标题出现时，Wim Wenders 的旁白也开始了："……小津的电影传达了二十世纪人们的真实生活。从中，我们看到了自己，更多地

---

[1] 《东京画》：又译《寻找小津》。本片是 Wim Wenders 于 1985 年拍摄的纪念小津的影片。其于 20 世纪 80 年代中期亲自到日本各地去追寻小津的足迹，以日记手法记录他对东京这个城市的感觉。

Chiro
抗议 两人
　一 起　 出门

小津的
《东京物语》和
　Wenders 的 《东京画》

有 乐 街 的
高 架 桥 下

了解了自己……"《东京物语》里,尾道[1]那场戏登场。笠智众和东山千荣子在收拾行李,拍摄的角度显得很怪异。画面中的夏日是静静的,两人的对话也是静静的。景致如此让人怀念,深深地震撼了我。旅行中,Wenders对千姿百态的东京的思考,在一个男人面前突然停止了。此人是跟随小津二十余年的摄影导演厚田雄春。厚田趴在席子上,看着低位摄像机的镜头。我也经常用席子,可像这样总抱着席子到处走动,真是不容易。观众扑哧一笑的时候,他开始讲述对小津的怀念,可以看出他很动情。"小津挖掘出我的潜能,充实了我,我如今再也无法与其他导演合作了。请原谅……"说着,泪如雨下。这一幕深深打动了我,让我感到浑身乏力。画面紧跟着切换到《东京物语》里原节子哭泣的镜头,这下我再也无法抑制自己,泪腺如同开了闸一般,就这么放任地流到最后。画面出现行驶在尾道老街上的汽车,坐在车内的原节子打开婆婆的遗物,镜头上是一块手表。脸上流露出的静默的哀伤,深深地印刻在那里。没有谁能演得比她再好了。同电影开始的画面一样,妻子亡去,笠智众独坐起居室,现在只他一人。蒸汽从一幢幢房屋间的水沟里升腾而起。天空晴朗而幽静。

《东京物语》画面出现"终"字之时,《东京画》也终结了。平静的结尾,我浑身疲沓软弱。Wenders对小津的怀念,厚田对小津的怀念,还有对小津电影的怀念,使我心潮起伏。简直像亲眼目睹了那些实景,这兴奋的情绪占据了我的心。即使之后在"炼瓦亭"吃了牛肉饭,在光线柔和的玻璃窗前坐望,看着银座的来往人流(老公用平视角度拍了张照),脑子里还是一片晕眩,这是一个不同于平时的我。

---

1 尾道:广岛县东南部城市。

在无时无刻不在拍照的老公的催促下,按之前的计划,我们向入谷的牵牛花市出发。乘上熟悉的两人很久都没坐过的日比谷线,到了几年都没来过的入谷站下车。走到外面,言问街上摆满了一排排牵牛花的花盆。一盆盆牵牛花,和一阵阵嘈杂的人群,突然让人很有感触。一丝感伤掠过,不知为何,那感伤深深渗透心底挥之不去。挤在人潮里,买了牵牛花及鬼子母神[1]守护符,还买了最喜欢的杏子糖,可心情并没好转。看看周围,白领在那儿嚼着炭烧小鱼,带孩子的人在一旁吸溜着炒面。夜市和以往一样,可我的心情无论如何也 High 不起来。

"本来想来这儿看我自己的《东京画》的,"我和老公叽歪着,"当然不行了,我们已经出局了。特地坐上地铁跑到牵牛花市来,不是也就这样了吗。在三之轮那会儿,因为是生活在那儿的,情况不一样。"

"嗯,是呀,已经不是我们的生活圈子了,那已经没有了。"

我默默地点了点头。

还是很让人恼火。最后买了两块西瓜,边吃边走,走到了根岸附近。

"这周边全是情人旅馆。"经老公这么一说才注意到。粗俗的建筑,刺眼的霓虹灯,让人觉得怪诞不经。过了莺谷的高架桥,再直着

---

[1] 鬼子母神:梵文 Hariti,音译为河梨帝母,为护法二十诸天之一。又称欢喜母或爱子母。中国民间奉之为送子娘娘。

走,正好是谷中墓地的入口处。

"好吧,咱们穿过墓地走,出去就到谷中银座了。"

听从老公的提议,走进了墓地。白天的话,怎么都好说,这大晚上的,走在这么多老墓碑里,想想都觉得有问题。可我还是跟在了他后面。但是,走来走去,总不见有什么新异出现,好像总在一个地方转悠。我忍无可忍地问道:"我说,走得出去吗?走这种地儿,就这么有意思吗?"我烦躁地喊了起来。"没问题,往这边走,不是可以看到亮灯的地方吗?"我跟在他后面,总算平安出来了。

可之后,他带我去的谷中银座,因为时间太晚(已过八点),商店街也都关了门。副食店、豆腐坊、烧串摊,都看不到了,我怒气冲冲地绷着脸。结婚纪念日的晚上,凭什么让人这么着急上火,气哼哼的呢。穿过夜晚的墓地,走过打烊的商店街,感受一下谷中的夜晚也还成,现在想想当时可能因为走得太多了。从入谷到根岸,又从根岸到谷中,之后又从谷中到西日暮里站,我跟在熟悉东京街市的老公后面,一路快走,真的已累得疲惫不堪。到千代田线,在西日暮里站买票时,我们几乎快吵了起来。对这些地区,我和他的感觉,本来就是不同的。

最后,还是坐出租车到青山,去了常去的餐吧用餐。端来吧台上冰凉的 Gin and Tonic[1],顺着喉咙流下去,一下子觉得很爽快,非常奇

---

1 Gin and Tonic:金汤利。一种常见的鸡尾酒。

怪的一种感觉。看着架子上摆放的 Liqueur[1]、Whisky[2]、Gin[3]、Vermouth[4]，全然没有了从入谷到谷中一路走来时的那种不舒服。感到很踏实，实实在在体会到，自己还是很适应这样的生活圈。估计老公则不然。这是我自己的一种感受。在这个与自己无缘无分的青山，在这家刚开张不久的餐吧里，一个从未谋面的少年男子给自己调了一杯 Gin and Tonic，是这么好喝，感觉这么舒服。与自己毫无关系，却又如此的轻松，这种感受还要说的吗。

入谷与谷中一定与我的内心又连结的地方，否则我不可能如此轻易陷入怀旧的心情。Wenders 之所以需要倾注那么多心血，只因为他不是日本人。至少我是这么认为的。

不管怎么着，今年的结婚纪念日完全被《东京画》弄糟了。当时如果不去看，说不定入谷的牵牛花市，谷中的商店街，都能让人很开心。正因看了那场电影，一开始把情绪提升得太高了。明年得小心。

1　Liqueur：利口酒。也可称为 Spirit，就是烈酒或蒸馏酒，因蒸馏过程中除去部分水分，提高了酒精含量。
2　Whisky：威士忌。是所有以谷物酿造的蒸馏酒之通称。
3　Gin：金酒。又名杜松子酒，最先由荷兰出产，英国大量生产后始闻名于世，是世界第一大类的烈酒。
4　Vermouth：苦艾酒。除可以纯饮外，也常用来调制鸡尾酒。通常在饭前喝，不但可用来增进食欲，还可消除疲劳。

走来走去
　到处是　墓碑

向日葵的温暖

人以群分。某种划分，使你与周围的世界有了天悬地隔的改变，如小说、电影里常见的那样，但谁会想到这命运会降落到自己身上。

我总觉得自己不会生什么大病，纯属毫无根由的那种乐天派。活了四十二年，几年前才做过一次体检，总以为只要自己不觉得有什么不好，就没关系，但我真的太天真了。平成元年（1989）八月十一日，我入住东京女子医大，与病魔苦斗了三个月。

子宫肌瘤一般为良性，做了手术基本就没什么可担心的，可我很不走运，病情恶化了。而且骨盆粘连，仅靠外科手术已无法治愈，只好做放疗。

一听放射线这词，就让我心里一紧。再加上要进行化学疗法，还得在体内植入特殊的器具。

妇科手术做完了，本以为过几天就可以出院。胃口上刚有些恢复，但主任医师一句话，把我打入了十八层地狱。

卵巢三角形凸起部分刮掉一些后，身上各处的变化都汇聚到了胸口，再也吃不下什么东西。窗外八月湛蓝的天，仿佛也与己无关。为什么我会遭这个罪呢？满脑子都是这个疑问。

老公为了安慰我，每次都抱来大把大把的花束。其中一大捧向日葵最漂亮。老公走后，看着鲜艳艳、黄灿灿的暖色，对老公的一切，他的身影、他的温存、他的味道，感同身受，我目不转睛地看着。思念是存在的，真的存在的，可以治愈疲惫的身心，这时我总算感觉到

了。眼泪吧嗒吧嗒地往下落，无法止住。

之后，从妇科转入放射科。差不多有两个多月，老公总是午饭时间过来。"我看着你吃"，就这样开着玩笑，督促我进食。吃一口切好的凉烤鱼，菜有炖土豆，还吃了些老公从伊势丹地下商场买来的土井千枚渍[1]："嗯，还是千枚渍味道最好！"

一点刚过。"那我等会儿就走了，嗯？"他开始收拾东西，"明天我再来。"说着使劲儿握着我的右手。与其说是握手，不如说老公是在把他的生命力传导给我。每当这时，我心里总不能平静。他的手很大，很温暖，每每总是能撼动我因治疗而疲弱的身心。现在想想，那一刻，唯有他手的温暖，才是支撑我生存的力量源泉。

出院以来已经三个礼拜了。外面寒风萧萧，我和老公围在桌前热热闹闹、快快乐乐的。

"今晚我们吃牡蛎锅[2]喽。"

---

[1] 千枚渍：酱菜的一种。用圣护院的芜菁，切成薄片，在四斗樽中放入昆布和食盐，每天细心控制温度和湿度，熟成之后，芜菁天然的甘甜完全融入昆布的清香中，品味出令人入口难忘的千枚渍。
[2] 牡蛎锅：又称土手锅。食材摆好，先把味噌酱涂在锅底，再往锅里放牡蛎、白菜、萝卜、豆腐、蒟蒻、春菊、长葱、芹菜、蘑菇，加上昆布高汤和米酒，点火即成。

初次的盂兰盆节

新盆

まび

2月17日

東京日和。ヨーコを想いながら歩くことにした。銀座和光の前で、東京画のはのことを想った。紀伊国屋書店で 月王、と珠王、と裸後の中の裸像を 買って帰る。 ON THE LINE 2月号が届いていた。ヨーコの最後の文章を読んで、泣いた。

二月十七日

东京日和。心里思念着阳子,决定出去走走。到银座和光前,想起了一起看《东京画》的那天。在纪伊国屋书店,从特价书、诗文类和人体书里,买了本人体回家。第二期 On the Line 到了。读到阳子最后的文章,悲不自胜,哭了。

風が強いので物干しがたおれそう
テープも切れそうなので 新しいのに
かえながら ヨーコを想う。
寒そうな の少女たちの声 etc.
冬ごもりしておいた植木鉢をいつも
ヨーコがおいていた場所に出した。
ほとんど枯らしてしまった。
~~テーブルの椅子をまして~~
チロが植木鉢のまわりをうろうろ
うろうろ。そして となりの屋根に
とびのって遊びに行った。
しばらく雲を空を見ていた
テーブルの椅子もまして。
陽光をあびながら (27) 残りのコーヒー
を飲みながら 今朝送ってもらったばかりの
去年のロッテルダムのフォト·ビエンナーレ
のカタログをめくった。いつも、2人で
休日は ~~コーヒー~~ コーヒーをのみがけ、
別便で ~~送~~ 相続の手紙が

风太大，晾衣架快给吹倒了，绳子快要断了，一边换新的，一边思念着阳子。

⊞ 女孩子下学归来的声音，等等。
把冬眠植物的花盆移到阳子总放的老位置。
基本上都快枯死了。
~~桌椅也都拿了出来~~

Chiro 在盆栽旁转来转去。然后跳到隔壁的屋顶，玩耍去了。

我看了会儿天空 ~~的云~~ 。
拽出两把椅子来。

晒着太阳，边喝着剩下的咖啡，边翻看今早刚送来的去年"鹿特丹摄影双年展"画册。以前休息日，总是两人一起 ~~坐着~~ 喝咖啡的。
邀请函是专门寄来的。

きてて。めんどうちゃで行くのを
どーしよーかと思ってた。
ヨーコが とちゅん いれる。きっと
行こー と いうだろう。で、行く
~~ことに~~ ことにして、ロッテ ダムから
パリ、バルセロナ、イタリー、
行きたがってたから ナア。イタリーん
あお、チロが帰ってきた。

真是很麻烦呀，去不去呢，让人为难。

阳子要在的话，肯定会说"去"。那就去吧。
▭ 从鹿特丹到巴黎、巴塞罗那、意大利。真想去意大利呀。

◁ 哦，Chiro回来了。

4/29

雨上り　晴れる
光る　みどり　の　日

麻の スーツの アイロンかけを
(ズボンね)
がら、ヨーコが 2本線つくっちゃ
って、おこり、ケンカしたこと
想い出す。

クソ みがいてると、
雲 さ か きれむし 晴天
(もきるそしのふるか)
マーラー を かけて 6×7で
く ぷ ケ 景 7

四 ^月 二 十 九 ^日

雨停了。天放晴。
天皇诞辰日,阳光照人。

|　裤子　|

熨一条亚麻|。想起一次阳子烫出了两条裤线,当时我怒了,吵了一架。

擦了擦鞋,云层滚滚,天暗下来。

|　？？？　|

放了一张马勒。用 6×7 拍摄
《近景》

雨、かみなり、嵐
まるで きょー 上映する アラキの
〈空景〉ライブ

雨上り 鳥の声
陽光ちょいと まわしても雲さわぎ
雨。

夕刻
雨上り、神楽坂の出版クラブへ。
写真集『平成元年』の出版記念
荒木経惟さんを励ます会

雨，雷电，暴风雨。
———

宛如正在上映的荒木电影《空景》的直播。

雨停了。鸟声。
太阳刚出来，云又聚起来。
———

下雨。傍晚。
———

雨停了，| 去神乐坂的 | 出版俱乐部。

写真集《平成元年》出版纪念。
荒木经惟激励会。

役300人も打てくれる。
でも、こんな励まされても元気に
ならず。このユーウを寂しさを
しばらくは続けていたいと
挨拶。

アラキさま〈空星〉に、泣く。

今日春望　　バナナ・ボート

林あまり　空、空、空かけるヨーコの黒髪の
　　　　　ひとすじがいまこの手に届く

杉浦日向子
　　炊きあげた飯を浄土に
　　　白子干し

大约来了三百人。
可即使如此的激励会，也丝毫不能激励我。我致辞说，这种寂寞的状态，想再延续一阵子。

在荒木电影《空景》前哭泣。

　傍晚的光影。*Banana Boat Song*[1]。

　林真理子[2]。天空、天空、天空。手上拈一根阳子的黑发。

拖鞋。
　杉浦日向子[3]。
　刚焖好的白饭上，扣上干沙丁鱼。

1　Banana Boat Song：又作 Day-O。牙买加民谣。
2　林真理子（1963年1月10日--）：诗人、随笔作者、词作家。
3　杉浦日向子（1958--2005）：生于东京，本名铃木顺子。漫画家、作家、江户风俗研究家。

5/1

『東京物語』は、私の、
東京での、日常ではなく、
無常です。

私にとって写真はすべて私景
です。

今年のはじめに妻を先いました。
妻が逝ってから、私は、
空景 ばかり 写しています。

ロッテルダム・フォト・ビエンナーレ
に 共作。

五月一日

《东京物语》,是我的,
是在东京的,但不是平常的,是变化不定的。

对我来说,拍照是我的自我诉说。
年初,妻子离我而去。
妻子走后,我可拍的只有空景。

    给"鹿特丹摄影双年展"
    写信。

5/2

生きる歓び

五 月 二 日

一

生 的 快 活 。

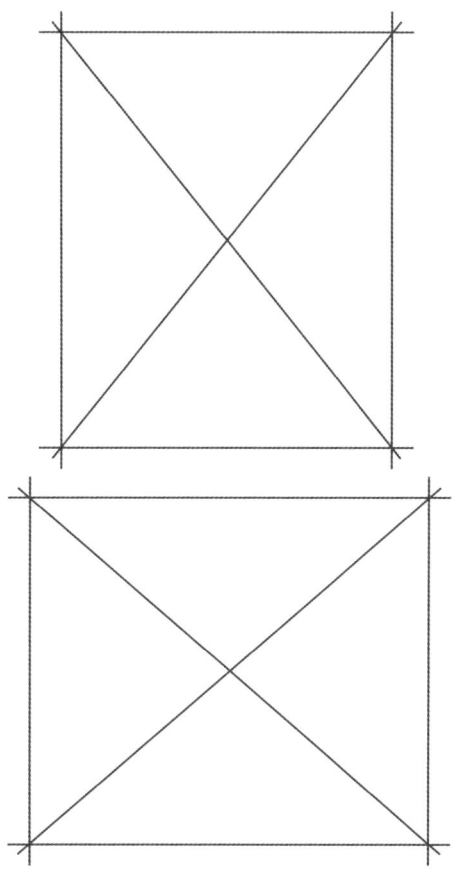

5/6

ヨーコ　百ヶ日
浄閑寺へ
㊈

和菓子のウチでごろごろ、連休つかれか。

五月六日
———

阳子的百日。
去净闲寺。

在和雄家,无所事事地待了
一会儿,连休太累了吧。

5/13

ハヤシライス。
ビール。
終日、くもり空、を・なす。

昼　林あきり、杉浦は向子にTel
夕　ユミコからTel
夜　庭瀬ドクターにTel

　　　　　　体調最悪

元気がちがったチロが ヤモリをつかまえてきた。　イイぞ!

自分でトコヤ　　じょーず(ヨーコ)
ヤッホー
んで　　　　ヨーコトルコ
　　　　　　ヨーコアンマ

ヨーコトコヤ　ヨーコトルコ　ヨーコアンマと
ほえたまりないのが さみし～い。

五月十三日

牛肉饭。
啤酒。
一天都在拍多云的天空。

中午，给林真理子、杉浦日向子打电话。
傍晚，由美子打来电话。
晚上，给庭濑博士打电话。

　　　　身体糟糕透了。

无精打采的Chiro叼来一只壁虎。好家伙！

自己理发　　"真不错"（阳子）
哦　　　　　阳子，土耳其
　　　　　　阳子，按摩

阳子理发　　阳子土耳其　　阳子按摩

日记里写不出的是寂寞。　▥

にちようびは いつも ヨーコのことを
想い出し さみしくなる。

湯どりビール

3CH バーンスタイン・マーラの交響曲6番
"悲愴" 的る。

チロがキッチンから ゴキブリ くわえて
出てくる。

每到星期天,总会想起阳子,很孤单。

泡完澡后,倒一杯啤酒。

三台在放伯恩斯坦[1]的马勒第六交响曲,悲剧式的。

Chiro叼着蟑螂从厨房出来。

---

1 伯恩斯坦(Bernstein,1918—1990):美国指挥家、作曲家。1958—1969年任纽约爱乐乐团常任指挥。

5/14

NHK趣味百科
〈近未来写真術〉録画撮り
6/9 放映

愛しのヨーコ

早稲田の地下鉄で出会って
AaT ROOM 近辺行 — 雨に濡れ
黒猫を抱いた少女、
サン圧太 辺辺を歩かされる。

→ 生きる歓び

五月十四日
———

拍摄 NHK 趣味百科
《近未来写真术》。

六月十九日播放。

我　　深爱　的　　阳子

从早稻田地铁站口出来，朝 AaT Room[1]
反方向走，淋了一身雨。

抱着黑猫的少女。
（此处为一行看不懂的文字）

　　生的快乐。

———
1　AaT Room：1988 年，我与安斋信彦、田宫史郎三人一起成立的设计室。以三人名字的第一个字母命名。

5/16

食べ残しのトマト、トースト を出す。
エッセン バッハ かけて、パルコニー
（インヴェンションとシンフォニア — バッハ）
変容する 雲、雲、雲を
空しつづける、 2時間を。
雲の天才には勝てないと
ここに ずーっと 空を見ていたい
チロと、チロを。 よ昼寝

東京ガスの点検
須藤石材より 優良霊園のご案内メール

不幸な過去
心痛む思い

五 月　🁣　十 六 日

拍摄吃剩的吐司和西红柿。

放 Eschenbach[1] 演奏的巴洛克音乐。
（巴赫的 Inventionen und Sinfonien）[2]

天变了。持续不断地拍摄云、云、云，
拍了两个小时。

云这变幻的天才，还是无法战胜。
想就一直这么看着天。
和 Chiro 在一起。Chiro 睡午觉了。

　东京煤气公司来检查。
　须藤石材的邮件，陵园精选介绍。

不幸的过去。
痛心的思念。

1　Christoph Eschenbach（1940 年 2 月 20 日—）：德国钢琴演奏家、指挥家。
2　Inventionen und Sinfonien：《二部创意曲与三部创意曲》，作品 BWV772—801。

若いママ 妻張キブラットホームで子
ほっぺ平手うち、パシーっ

河北病院へ。20度
気管支性肺炎。翌朝痰を送れて
検便用器をわたされる。結核じゃないかと
一応。

P＜空巣＞プレス用

写真、ビデオ、シルクスクリーンによる
『空巣』の展

妻が逝って、私は、空ばかり写して
いる。

ダグんで 階段下 別れの図
途上の女。1時間のチンモク 苦をみつ
め続ける オトコ 水割り一気のみ。
口あけたのでしゃべるかナ、 拝香 etc
トイレかナ。 さーっと階段のぼり消える
オンナ 動かず。

年轻的妈妈走出豪德寺站台。
往脸上打了一巴掌。

两点到河北医院。
支气管肺炎。次日晨咳出了痰。
医院给了我一个验便器。但愿不是肺结核吧。

P《空景》，记者会用。

投影屏上看到照片、视频资料。
《空景》展

妻走后，我只拍天空。

《道格》里，在楼梯下告别的一段：

年长的女人

沉默了一小时。一直盯着那个男人的｜，男人一口喝下兑水的威士忌，嘴张着，是否说了什么？▨ 牛舌，等等。
是去厕所了吗。三步两步上了台阶，消失了。
女的 ▨▨▨ 全然不动。

5/17

5時半に目が覚める
バルコニーのへいに 光の穴 射
夜を摂取。ベッドに、ねむれず。
ヨーコのこと考え
6時そして起きている。
キョーは ヨーコの誕生日

五月十七日
———

五点半就醒了。
在露台上拍摄光的旋涡。
采痰。回到床上，　无法入睡。
　　　　　　想念阳子。

六点半起床。
今天是阳子的生日。

柴胡桂枝湯あたため 飲みながら
新聞
サミー・デイビス Jr 死
　淫行癌　　64才
金賢姫・元死刑囚が教会で信仰の
　　　　　　　　　　　　　告白

5月17日は3つの誕生日か、いつもいっしょ
にんぎょうにあつてるので 行かず と連絡
バラの花でると ご祝儀おくる
うれしかれしい 金ちさい ケンコーが1番

热好了柴胡桂枝汤，边搅拌边看报。

Sammy Davis Jr[1]去世
咽喉癌　　　享年六十四岁

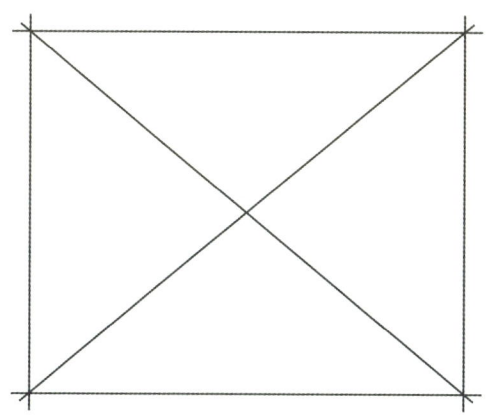

五月十七日是阳子的生日。每年都是一起过的。
在一起已有二十四年，还是没能……
唯有用花来为你庆祝。
吃点儿好的吧。健康是本钱。

---

[1] Sammy Davis Jr（1925年12月8日—1990年5月16日）：美国著名的娱乐明星、舞者、歌手和演奏者，也是成功的戏剧演员，曾获艾美奖和金球奖提名。

パパイヤを生す。

バルコニーでコーヒー

初夏の光、風、緑、空　鳥の声

日光浴情

孝子のバースデイは ビーすごしてた。

『東京は記日でめくる』

'88年　西伊豆松崎プリンスホテル
'87年　40才の記念に「酔い痴れて」
　　　　渋谷ピカデリーで。　ノー・マージン
30才 残業園での記念写真　　　非情の愛
'86年　アーガマ事件でヨーコの家をものがぶす、とある　アーガマ事件ってそれだけ。

'85年　ナツ　　　祥園of
'84年　クイーン・アリス
'83年　タートバンでパーティー

拍木瓜。

在露台喝咖啡。

初夏的光影　微风　绿色　天空

　　　　　　　　　　　　　鸟鸣

————日光浴————

　　　｜前年的｜

去年、｜生日，是怎么过的呢？

翻开《东京日记》

1988年　西伊豆，松崎王子饭店。

1987年　四十岁的纪念《痴醉》。在涩谷的Piccadilly电影院看《绝不留情》[1]。

　　　三十岁在后乐园拍纪念照

1986年　因Ahgama事件，阳子生日也未热闹起来。Ahgama事件，真有其事吗？

1985年　没有。韩国出外景。

1984年　法国餐厅Queen Alice。

1983年　在Tastevin酒吧开派对。

1　《绝不留情》：*No Mercy*，1986年美国电影。由理查·基尔、金·贝辛格主演的惊悚片。

'82年 ダグルー 3章、オギワラと妻
200枚書き下しの『由年目のセンチ
メンタルな旅』最終打ち合せ。

芽はぴーしゃんむっけをア、てるほ
の前は。　　　　　　（平成元年)
も——
えんな夏
ヨーコがスキだった　エラをかけて
日光浴情、40は緑陰でお昼寝
　　　　日はいり→〈星景〉展大仲し
　　　　6x7〈近景〉ヨーコに
この画面　右に洗濯物を干した
ヨーコがでてきたのだが……。

1982年　　《第十年的哀愁之旅》，
　　　　　二百多页，最后碰头会。

去年是怎么样来着？
　　　　　（平成元年）

已经是夏天了。

阳子最喜欢这样的日子。我犯了个错误。
日光浴。绿荫下，Chiro躺在沙滩椅上睡午觉。

　　　　日期显示　⟶　《空景》展　放大
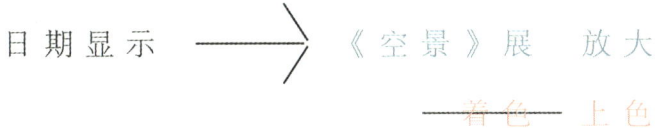
　　　　　　　　　　　　　　着色—上色

拍摄　6×7　《近景》　为阳子。
═══

右侧画面，晾晒衣服场景，
─────────────────

应该有阳子入镜的……
─────────────

白バックで
枯らしてしまった盆栽を写す。　　陽光スポットで
うーぷんの　　　　　　　　　フォルムと光と影
枯らした花を写す。ヨーコのおも
チロがはいってくる。　　　　　　　びつきながら。
ヨーコに見せる。
ヨーコに捧げる写真集『近景』を
さといもクン
あげは蝶
セール達

気に舞い　光る柿の葉
近寄って　見る
小鳥たちの声
白光、紅
ビール、ヨーコにも
バクダッドカフェ

白背景下，

▨ 阳光下枯萎
拍摄 ┃ 的盆栽。

形式　与光　与影

拍桌上干枯的花。想着阳子。
Chiro进入画面。
想拿给阳子看。
献给阳子的写真集《近景》拍了芋头。
结尾是蝴蝶。

~~啤酒　太爽了~~

风中，摆动着闪光的柿子叶。
靠近看。
听到小鸟啁啾。
白光。彩虹。
啤酒，阳子也喝点儿吧。
巴格达咖啡。

アイム フォーリング ユー

ファック ユーン

（グラスの光と影に酔う）

この〇〇〇〇〇 ヨーコに
バースデイ プレゼント

黄昏れの 丸ゲタ

ついた鼻緒が切れた竹履り
（ヨーコと下北沢かで買った　ノメリのゲタ
ゲタ 4足 ＿助太＿

オブジェ屋はコレかな？
村れさせてほっとく盆栽とて、(妻の死)
ヨーコ妻のジョギングシューズ、と
Aのジョギングシューズ ならべて、
クツヒモを絡れさせて

我想你。

（沉醉在玻璃杯的光与影中）

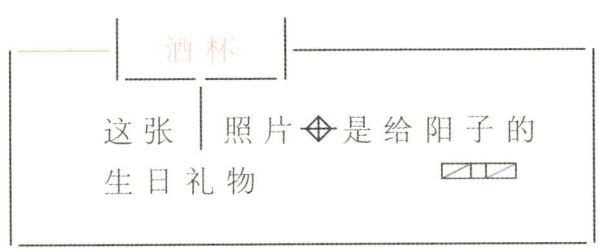

黄昏下的圆头拖鞋
鞋头裂了
（是和阳子去下北泽时买的）

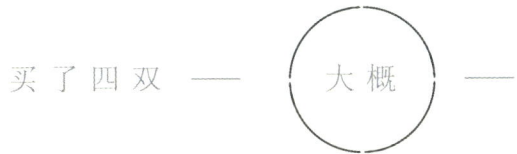

雕刻展上用这个？

连盆栽都枯萎了。 〈妻之死〉

阳子和她的跑步鞋。
和荒木的跑步鞋并排放在一起。
让鞋带连在一起。

陽がおち、あかね色の裏が
墨色になり、暗くなるまで
シャッターをおしつづける。

花を買いに出しが 休み
河原屋酒店で 3足
カツカレー やめる。

海上リビール　　TV
洋丼　　　　バットフレックス・戦慄の
牛肉とピーマンのこよかく煮　処刑指令
　きざみ
冷麦ごはん
遺影のヨーコと ふらりて〈食事〉
（チロすっとんで来ている。
菜のちびま黒くに）

夕阳西下，暗红色的云
越来越暗，直至夜幕四降
不停地按快门

出去买花。休息
在河原鞋店买了三双
不吃猪排咖喱饭了

泡完澡，来瓶啤酒。
电视里在放电影《追逐计划》
青椒炒牛肉。

对着阳子的遗像，"两人"　〈　晚餐　〉

　　Ｃｈｉｒｏ　｜　溜了回来。

｜　一鼻子黑，　｜

チロとソファ~~ベット~~

和 Chiro 在沙发上打瞌睡。

大相撲ダイジェスト
の後の

<u>ふぁれいす</u>に

青山のGRAINS

● 東京和
　七月の東京画

40ちゃん
もー寝る、
　　　プンベで

相扑声明会！

Place 在青山的
―――――
GRAINS。

○ 东京日和
七月的《东京画》

Chiro
上床睡去。

5/20 にちようび

終日 日光浴情。
日波の空を見す。
チロ シャンプー、
ヨーコとの大さわぎを想あう。
ジャコメッティー、チロ
バスローブのお股で
ペロペロペロペロ

五 月 二 十 日
———

星 期 日
———

整天都在晒太阳。
拍摄日落时的天空。
Chiro 在跳跃，
想起了和阳子大谈此事的情景。

贾科·梅蒂[1]式的瘦猫——Chiro
在浴袍下，蹭来蹭去

---

1 贾科·梅蒂（Alberto Giacometti，1901—1966）：瑞士雕刻家，受立体主义雕刻和非洲、大洋洲艺术的影响，作品以人物细如豆茎的骨架式风格著称。

5/21　　　　　　　　　KURUMADO
　　　　　　　　　　　リー・ドラーマ
　　　　元ビ朝日　　　　〈生きる欲しみ〉
　　[TV欄切り抜き]

○嘘 と 冗談

元気がちがったので…と
梨尾夫人からTel

日付の在る　幸福論
　　ダイアリー・シーン
　　ダイアリー・ナイト

─────────────────
5/24　門仲アーバンスタジオでSMストイパー
　　　TOKYO ALICE キリコにセーラー服
　　　着せ吊る　パールローター etc
　　　胸を苦しく　予定より10時内外

五月二十一日
———

朝日电视台

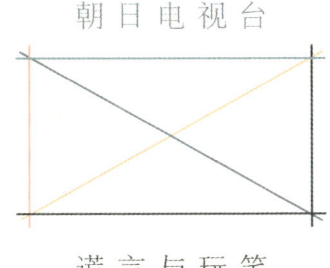

KURUMADO
Lee Miller[1]展
《生的欢乐》

谎言与玩笑

人没精神
桑原夫人来电话

标上日期——"幸福论"
日记场景
日记的夜晚

※※※※※※※※※※※※※※※※※※※※※

五月二十四日
———

在 Urban Studio 所在地门仲，
拍照片
《东京爱丽丝密馆》让 Kiliko 穿上
女生制服
吊钩、颗粒环等
胸口憋闷，比预定提早一小时结束

1　Lee Miller（1907—1977）：李·米勒，生于美国纽约州。身为服役军人，以拍摄第二次世界大战期间的时装照片而闻名。曾是伦敦战场通讯部队的一员，也同时为 Vogue 杂志工作。

5/25

ヤメ。AaT RooM にもどってきたとたん
河北病院 N ドクターから Tel
明日 午前中にくること。
O ドクター に頼んどかれたと。
今まで クルマド。夕やけ。
バンコニ──。あかね雲
ヨーコが 呼んでいるのが。
チロ ヤモリをくわえて帰って来る？

五 月 二 十 五 日

刚从 Aa T Room 回来，
就接到河北医院 N 博士的电话。

明天中午前过来。
已经拜托 O 博士。
到 G 地，一路上，从车窗里拍晚霞、
露台、火烧云。
阳子在呼唤我吗？
Chiro 叼着一只壁虎回来了。

5/26　　もー夏

きょーから クスリを飲む
6錠 10個を 1日に 3回。
朝冬は 日光浴場　㊞
尿・便 アズキ色

五 月 二 十 六 日
———

夏 天 啦
———

今 天 开 始 吃 药
一 天 三 次 ， 六 种 十 粒

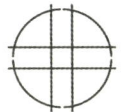

整 天 都 在 晒 日 光 浴

尿 、 便 ， 都 是 红 豆 色

5/27 にちようび
きのーより 夏

洗濯ものを干して
日光浴情　　千口 やせこけて
　　　　　　元気がなっのが心配
　　　　　　(もがいる――スエ似)

6×7
　ボロ パラソル
　雲

　BTのキースヘリング と コーヒー飲みほし
　もカップ と ゲタ
　朝日14面 日曜版 世界花の旅
　シャクナゲ 雪山の絶頂に咲き誇る
→初にんげん のかつおだし(フレッシュパック)
　しらいのこして
　　　　　　　　にぼし
花になると元気
　　　　　ソーメン ビール
夕陽 サンケイ新聞文化欄〈平成元年〉
　新月 空雲? 屋のための　　　　　注文
　妙齢陰珠湛信 ジルクスクィーン 下絵
→千口ヤモリ ヌキ 〓

五月二十七日

星期日
夏天从昨天开始

晒衣服
日光浴

　　　　　　　Chiro 有些憔悴，
　　　　　　　无精打采的让人担心
　　　　　　　（是不是有虫子呀——末井语）

6×7

破阳伞
BT[1] 上的 Keith Haring[2]、
喝干了的咖啡杯、木拖鞋
《朝日新闻》周日版，世界的花之旅
杜鹃花，盛开在雪山绝色的背景下
把 Chiro 吃剩的"イ"形的干鲣鱼
（新鲜的背）煮一下

　　　　挂面　啤酒　夕阳

一到晚上就精神

《产经新闻》文化栏（平成元年）

三四月 ——→ 为《空景》展丝印版画草稿
妙誉阳珠清信女[3]　　　（　　　）

——→ Chiro 很喜欢壁虎

1　BT：《美术手帖》，日本的美术杂志。
2　Keith Haring（1958年5月4日—1990年2月16日）：凯斯·哈林，美国画家，街头画的先驱。
3　妙誉阳珠清信女：阳子的戒名。

2匹目のヤモリ 食べないで
白ケントの上にのこしてまれ外へ、
接触以外

カネボウ薬用入浴剤
旅の花 箱根 あざやかグリーン
　　　　　↳ ヨーコとの箱根

溢上り・冷やしグラスにビール
アジのフライ・中華風冷奴
とろろ漬丼 (40せんそ)
　　　　高峰三枝子 死　フキ
　　　　　　　脳こうそく
ビール2杯め
　　おおまどアスパラ実　ソファチ
　　　　　講談社のヒグチさん
0時にTel
「1980年代」に 愛しの40
の ソファの40 と ヨーコを選ぶ

第二只壁虎没吃完，便剩在白画纸上，又出去了
靠近拍

嘉娜宝药溶入浴剂
旅行途中的住宿点：箱根　一片翠绿
　　　　　　　　　　└─→　和阳子一起来的箱根

泡完澡，把啤酒倾入冰啤酒杯里
炸竹荚鱼，中式凉豆腐
金枪鱼盖饭（40日元）

　　　　　高峰三枝子去世，享年七十有一
　　　　　　脑梗死

第二杯啤酒下去，│浑身酸软，在沙发上眯了会儿
　　│脸色红如红小豆，
　│河出书房新社的樋口│
零点，│打来了电话
　　　　　│和Chiro一起蜷在沙发上│
选了一张阳子的照片，深爱Chiro的阳子│
放进《一九八〇年》。

5/30

・日本カメラ用 プリント
　〈空景〉 B1大 プリント

・ギャラリー蝶々〈空景〉展のための
　妙蓉陽珠清信女 2ヶ月2ヶ月
　色選び
　　・ビビッドグリーン 3ジュイエロ
　　・ビビッドブルー 4セシュグリーン
　　・ビビッドブルー
　　・ビビッドパープル
　　・ホワイト
　　・ブラック

・冨山近美でのプラネマ〈空気論〉試写
　※壁は もえぎ口紙 である
　神楽坂　　　の花や

五 月 三 十 日

○ 日本摄影专用的相纸
  为《空景》印了八张

○ 为 Vura 画廊的《空景》展做准备
  给妙誉阳珠清信女准备丝印版[1]的颜色：

  - 艳绿加黄
  - 纯蓝加绿
  - 深湖蓝
  - 艳紫
  - 白
  - 黑

  口红，比如说有个口红

○ 荒木电影《论摄影》首映式，在富山近美举办
  （日本桥 Art Brother）
  念佛坂[2]的花店

---

1 丝印版：利用感光材料，通过照相制版，制作丝网印版。印刷时挤压刮板，使油墨经网孔转到承印物上，形成与原稿一样的图文。
2 念佛坂：坂指上行台阶，东京街道的名称。位于新宿区住吉町 8-9 号，与市谷仲之町相邻。

6/9 梅雨入り

┌─────────────────────────────┐
│ ヨーコの誕生日
│ '90・5・17 〈空色〉
│ リキテックス ペインティング
└─────────────────────────────┘

B・ミケランジェリ／ショパン
　　10のマズルカ
　　前奏曲 第25番 嬰ハ短調
　　　　　　　　　　作品45

　バラード 第1番 ト短調 作品23
　スケルツォ 第2番 変ロ短調 作品31

空からぬりはじめる
ブリリアント ブルー
　　　　　　　　　空 120 —
瑞　模様
フタロシアニン グリーン
パーマネント グリーン ライト

Aの影 ——→ ヨーコ

六 月 九 日
————

进入梅雨季

阳子的生日
一九九〇年五月十七日《空景》
丙烯画

米开朗琪罗[1] ／ 肖邦[2]

十首玛祖卡
Prélude[3], No.25 in C sharp minor, Op.45
Ballade[4], No.1 in G minor, Op.23
Scherzo[5], No.2 in B flat minor, Op.31

从天空开始画
亮蓝色

之后画树　墙——黄色
绀青
永固绿色　淡淡的

荒木的影子　——→　阳子

1　米开朗琪罗（Michelangelo Buonarroti, 1475—1564）：意大利文艺复兴时期伟大的绘画家、雕塑家、建筑师和诗人，文艺复兴时期雕塑艺术最高峰的代表。
2　肖邦（1810—1849）：波兰钢琴家、作曲家。
3　Prélude：前奏曲。
4　Prélude：前奏曲。
5　Prélude：前奏曲。

髪の毛　アイボリー　ブラック

小麻正き　顔、写真みないで
　　　　　　画くことにする

タンクトップ
　　ブリリアントパープル
　　ちょっと寂しすぎるのでミディアムてごみ

顔肌に　かなり　　　　目
目ブリリアントオレンジうすくそのとき　タニーおみ ホワイト
白ネエ、白にしてみる　→　目で涙目に
あれん さみしい
ナフソール クリムソン をぬる

鼻の線　なかなか　きまらず

_____

月刊カドカワ7月号で フルートの山形由美が
5月17日 それがゆーこを知る。

发色　象牙白——黑色

先用线描　　　　画脸时
无袖上衣　　　　不看照片开始画

紫色
稍嫌过了些，接近中品红色

脸色——自然是白色，发亮的银白色
眼睛——淡淡的亮橙色 ——→ 上面有白色的眼泪
口红——试用了一下白色

太过凄凉
又涂上深红色茶酚

鼻子的线条很难处理

从月刊《角川》[1]七月号杂志上得知：长笛演奏家山形由美也是五月十七日出生。

1　月刊《角川》："角川书店"出版的文艺、音乐类杂志。1998年停刊。

6/10 梅雨入りの
　　　水ようび
　　　起きたのは 6時ちょっと

目をなおす
口紅 明るすぎるので
ディープ ブリリアントをぬり増す
鼻の朱 画きなおし
⦅完成⦆

ギャラリー ることのめに
　　　　　　　　絵ハガキのために
チロもいっしょに 気張し
おおきなかかった 山百合の花

禅を課と読みちがえる
いわゆる 老眼か。

チロとソファで ゆせもれて
ぶんがくとは 新潮6月の
　　　　　　　　　「鞄の中身」

六月十日

梅雨。阴天
星期日，六点起床。

修改了一下眼睛
口红颜色也太亮了
涂了些深点儿的亮色
鼻子的线条重新勾勒

完成

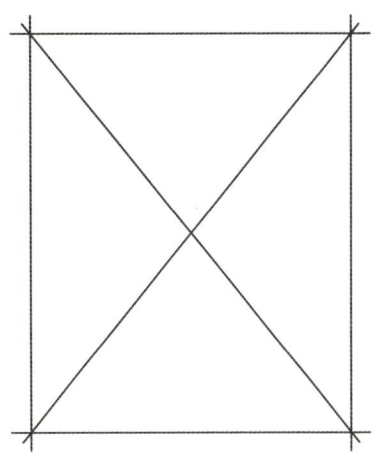

为Gallery Terashita[1]赶制
明信片　　风很大

　　　Chiro也在上面
快枯萎的　　山百合

禅、裸、镜，居然看不清
要用老花眼镜了吧？
和Chiro在沙发上小睡。真是瘦了
在床上读吉行淳之介[2]的
　　《包里的东西》

1　Gallery Terashita：位于东京京桥的画廊。
2　吉行淳之介（1924年4月13日—1994年7月26日）：日本战后第三批新人派代表作家。其小说大多描写性关系，通过昏暗中的性官能感受，追求光明的精神世界。

6/17 暑いとも真夏日のにちよーび

(チロ) 蝉つかまえてきて、見せる。
口からはなして 逃げられて、
そのしぐさ をかし

んじゃ と また 暗闇の中へ。
こんどは トンボ
もて遊んで、噛みすれまた
てゆく
夜になると元気をチロ
玄関 ビーチチェアの下で
ぐったりしたものに =ナゾ

六月十七日
——
盛夏里的星期日
——

＃ 叼来一只知了给我看
松开嘴，知了逃走了
施与一个恩惠
嗯，接着又钻到了暗处
这回叼来只蜻蜓
戏弄来戏弄去，不吃
又跑出去了
Chiro一到晚上就精神
白天睡在沙滩椅下
一副筋疲力尽的样子，喵……

6/8

チロ、口のわき ひっかきとられる
でも元気　マオトコとケンカのはずかー?
よく食べる　天井の機械にとびはねる
外に出してくれっ　ニャぐし
後悔しゅくのかニャあ
セーカンを歌、

かごに入れると　ニャーあぎゃあ
ぎゃーあ

吉地獣医科病院へ
ゆさりより　ヨーコを抱う
あのHはヨーコは診察ん
好き医大？へ

初にではく　オートバイか．
クルマに けられる とのこと
つづいん　ノミとりの首輪
ホルボから
3種混合ワクチンを注射！

六月十八日

Chiro 嘴边被挠破了
该不是和情敌打架？
看上去还是很精神

吃得也挺多，还跳起来抓屋顶上的飞蛾
把它赶出去……喵
是复仇吗，喵
满脸痛苦的表情
把它放进笼子里，喵……喵……地叫
喵……
带它去吉池兽医院
　回来路上想起了阳子
　那次阳子一直陪在诊疗室
　是在女子医大吗？

不是和猫打架，是摩托车吧？
反正是被车撞了
顺带给它带上除跳蚤的项圈

　　　　Velvia 色

注射了三种混合疫苗！

6/9

台湾バナナにやりすぎ
て近藤が——

昭和堂で
木村君久にがっばりさがし
そーなかえ
光さん
よくちっている奥さんが王むし
くれてるんだ

NHK 近未来美術
愛しのチコ 放映

なんだか ずーっと崖フいてて
よーを繰乱
ピュアな 崖が気になる

六 月 十 九 日
——

中国台湾香蕉,边上放一只壁虎
拍一张彩色近景
在昭和堂
木村恒久[1]说:
"还是有些孤单吧。"
我跟先生说:
"已经好多了,有我老婆保佑。"

NHK《近未来写真术》
放映《我深爱的阳子》
——————

NHK放映《近未来写真术》
我深爱的阳子哭了吗。一直瞒着 —— 剪辑的时候
                                     阳子

如此纯洁的谎言,还是很放不下。

———————

1 木村恒久(1928年5月30日—2008年12月27日):日本平面设计师,东京造型大学客座教授。

6/24 真夏日
いちどうみ

ヨーコが愛用してた
パン切り板に ジェッソ
リキテックス 白塗り
乾く間 日光浴情（は結核に
よくないといわれたが）
伊藤俊治の「愛の衣裳」
P.78
アンドレ・ブルトンによって激賞され
た油絵の表面にモリニエは自分
の精液を塗りたくっていたという。
絹のストッキングの爪先にためた
スペルマを絵具の肌にもむらせ、
彼のファンタジーを明確
に映しだす独自の艶をだすことに
成功したので
"精液のキャンバス"
ジェッソ
のノリを キリンラガー 少びんに塗る。

六 月 二十四 日
———

星 期 日
盛 夏
———

一、在阳子最喜欢的面包切板上，涂上调色油
二、底料涂白

等晾干后，晒晒太阳（据说对结核病不好）
读伊藤俊治[1]的《爱的衣裳》第七十八页
在 André Breton[2] 的激赏下，Pierre Molinier[3] 在油画表层涂上液体。
画家在长筒袜里盛上液体，滴沥而下，为油彩肌理上光。
怪异的妄想，灵光的折射，并得以升华。

二、"液体画板"

剩下的调色油里，加上麒麟啤酒调匀。

---

1 伊藤俊治（1953年6月26日—）：美术评论家、摄影评论家、美术史家。
2 André Breton（1896年2月19日—1966年9月28日）：安德烈·布勒东，法国诗人和评论家，被奉为"超现实主义的教皇"。他和其他超现实主义者追求自由想象，摆脱传统美学的束缚，将梦幻和冲动引入日常生活，以创造一种新的现实。
3 Pierre Molinier（1900—1976）：皮埃尔·莫里尼埃，法国画家、摄影家。

TVで 夜の騎士道 みるから
ジェラール フィリップ &
ペインティング

陰毛 切りとり 頭髪に
ヨーコの 帯ひもで 首吊り
完成
＜妻が逝って
　首吊り自殺した A
　1990年 7月7日　　＞

边看电视里钱拉·菲力普[1]演的
《大演习》,
边继续作画。
割下毛发当作头发。
用阳子的腰带上吊。
完成。

"妻子逝去,

上吊自杀的荒木。

一九九〇年七月七日"

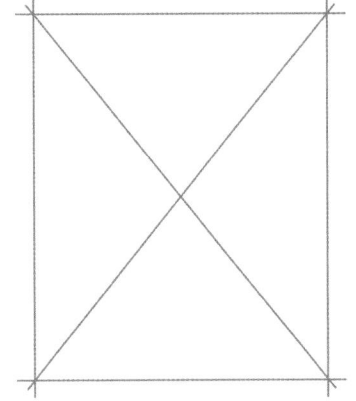

---

1 钱拉·菲力普(1922—1957):法国著名演员、电影表演艺术家。

6/28

きのー 近未来宇宙術うちあげで
3時より　休洞裏し
ブルータス〈わいせつ〉インタビュー
調子です　牛島暁美
　　　　わいせつ度 かなり 高り.

六月 二十八日

昨天是《近未来写真术》的庆功会

回到家已三点多了　　　　身体很不舒服

接受 Brutus [1] "恶行恶状" 栏目的采访

发挥良好　　　　　　　　牛岛晓美

　　　　　　　　　　　　接受度很高

---

1 *Brutus*：1980 年 5 月创刊，半月刊杂志。面向男性。是日本乃至亚洲最著名的生活情报类杂志。内容包罗万象，而杂志的强项在于每期只做一个超大选题，围绕选题有类似御宅级的研究。

6/29

礼宮・紀子さん ご結婚
TV
新婚旅行の奈良ホテルの
ベッドルーム 映す
〈わいせつ〉

ヨーコとの旅　想い出す
_____

⊕ バルコニー チェアー ☜
チロ てちりん ちょこん
〈空景〉　それはまちがつて PRESTO と
　　　　　velvia カラー

六月二十九日

礼宫[1]和纪子的大婚典礼
电视直播
镜头转向新婚之旅中奈良酒店的卧室

"恶行恶状"

想起了和阳子一起的旅行

× 露台,沙滩椅 ×
Chiro 静静地守在旁边

PRESTO[2]

《空景》把 的胶片用错,
用成了 Velvia Color[3]。

---

1 礼宫:日本皇室秋筱宫文仁亲王,于 1990 年 6 月 29 日,与川岛辰彦的长女纪子结婚,成立秋筱宫家。
2 PRESTO:Fuji NEOPAN 400 PRESTO,富士黑白胶片的顶尖产品。片基平整,颗粒细腻,反差优美,灰阶影调丰富,冲洗方便。现已停产。
3 Velvia Color:富士专业胶片,颗粒幼细,色彩鲜艳,清晰度高,层次丰富。适合风景及商业摄影。荣获 1990—1991 年度 ELSA 最佳反转片大奖。

7/10　5時半起床
　　　無空をなす。
　　　(も)

　【東京猫町】

　飛鳥山のメッカ子口通り
　いない。
　ベンチ猫を おすべりゾウさんの
　鼻の上にのせて。
　荒川線で 三の輪橋に。
　空地の 野良猫たち
　仔猫ちゃん
　日比谷線で　明治座

　　　　　　小林信彦の要望
　招待券　新switchの連載
　　　マスイ もっ煮ビール　太田(しか
　　　　　　　　　　　　　　郎)

七月十日

五点半起床
拍摄天空——云

> 东京猫城

到假鸟山,找 Chiro 没遇见
却看见它蹲在大象滑梯的鼻子上
荒川线,三之轮桥的空地上,野猫成群
还有小猫咪
坐日比谷线到明治座

这是小林信彦[1]的要求
将于明年在 *SWITH* [2]上连载

福翰庵,熟啤酒(只有大瓶了)
难喝

---

1 小林信彦(1932年12月12日—):日本小说家、评论家、专栏作家。
2 *SWITH*:1985年创刊。以创意人、艺术家取材的特辑。读者以二十岁左右的男性职员为主。偏重艺术性。

甘酒横丁の桝屋で
ヨーコにおみやげ 亀戸大麦

「私説東京繁昌記」の口絵
そして ヨーコが亀戸焼を
くれる

7/17 1.30 ROJ — marina
　　　　　　　（全賀がホンをとり）
4:00 ギャラリーかとりで
　　　NHK衛星放送録画
　　5:00 CBSソニー
(く)　　〈空屋色〉モ——のポスターに
　　　　コマーシャルフォトインタビュー
　　6:00 築地店主と 4人のおさそいで タイ料理店

在甘酒横丁[1]的柳屋
给阳子买了鲷鱼烧[2]

《私说东京昌盛记》[3]时
拍摄的阳子咬着鲷鱼烧的照片

七 月 十 一 日

1:30　　ROJ——Marina
　　　　　　（长相与金贤姬一样）

4:00　　Veli 画廊
　　　　NHK 卫星台录像

5:00　　CBS Sony
　　　　《空景色》的海报
　　　　接受相关广告拍摄的采访

6:00　　应邀与菊地虎子等四人去吃泰国料理

1　甘酒横丁：东京中央区一条商业街。云集著名的煎饼屋、豆腐屋、荞麦面屋等多家百年老店，极富平民情调。
2　鲷鱼烧：日本传统的烧果子。以面粉为主，包上豆沙馅，放在鲷鱼形模子里烧制的日本果子。
3　《私说东京昌盛记》：小林信彦著，荒木经惟摄，出版于1984年。书中描绘奥林匹克期间高速建设的东京，相当于一部极速发展的东京史。

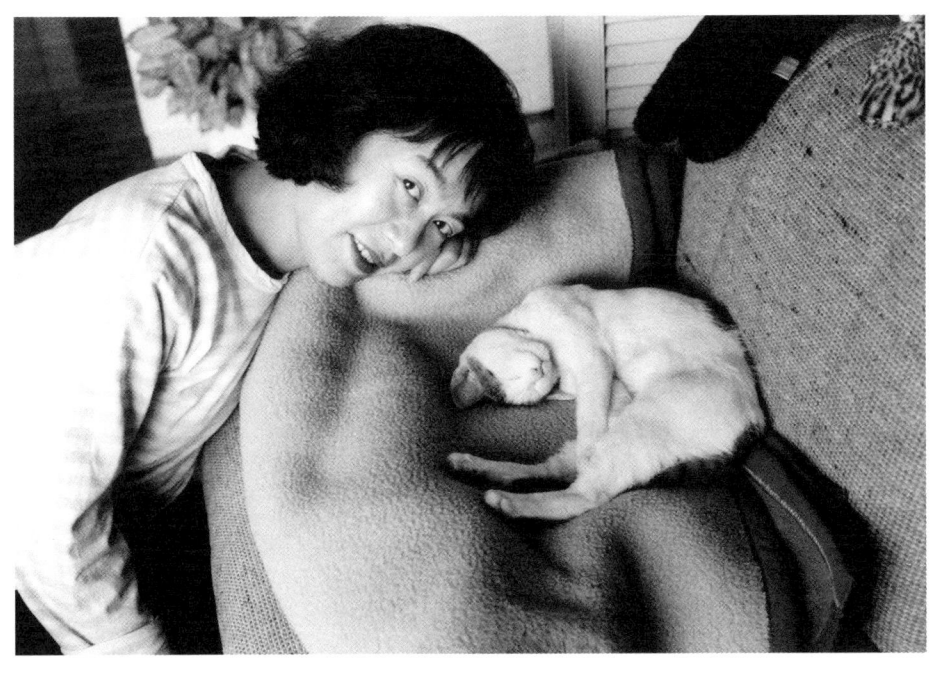

7/12
7/13 オツィェが9ヶ月ぶりっ末のひ
キャラン・グユリタい（妻が遊って
昔朝自殺した△）を
迎え火

桑原美恵さん、シャコ、
ユミコ、準備してくれる。

七月十二日
———

奥茨卡九〇展结束。
把"妻子逝去 上吊自杀的荒木"
放到 Veli 画廊。

七月十三日
———

迎魂火。

桑原美惠、Miyako、Yumiko 等帮忙准备。

7/14　新盆　　ユミコ
　　　　　　　　　ミヤコ　料理
　　　知らせ etc
　　　送る　 etc
　　　分夕　 etc
　　　ヨーコの母　　　耕吉
　　　オノデランナ1
　　　M.下　　　　　中村言黄

七月十四日

初次的盂兰盆节，Yumiko、Miyako 做饭

和雄 等
道子 等
山夕 等
阳子的母亲
大野与友人　　　　耕明
a.T　　　　　　中村富贵

7/15　送り火したい。
　　　　帰さない。

七月十五日

不烧送神火。
不让你回去。

在 8 废墟上

廃墟び

阳子走了,从房间里消失了。我并不只拍空景,走出屋子到露台,从露台上拍天、拍风、拍光影,还拍隔壁的柿子树、晒台上爬满的常春藤、露台犄角里遗落的东西。露台成了我的取景地。在阳子最喜欢的杯子里倒满啤酒,拍杯子的光与影,拍已然枯萎的花朵、鸟儿啄过的苹果、干瘪的壁虎,把阳子和我的鞋摆在一起拍,当然还有Chiro。这些照片命题为《空景 近景》,编辑成写真集。写真集一般来说不拍这些琐细,可我还是继续在已为"废墟"的露台上拍摄。

空　虚

Chiro,
你在哪儿呢?
喵……
啊,
躲在这儿呢。

台风过后的
次日清晨

爬树能手　Chiro

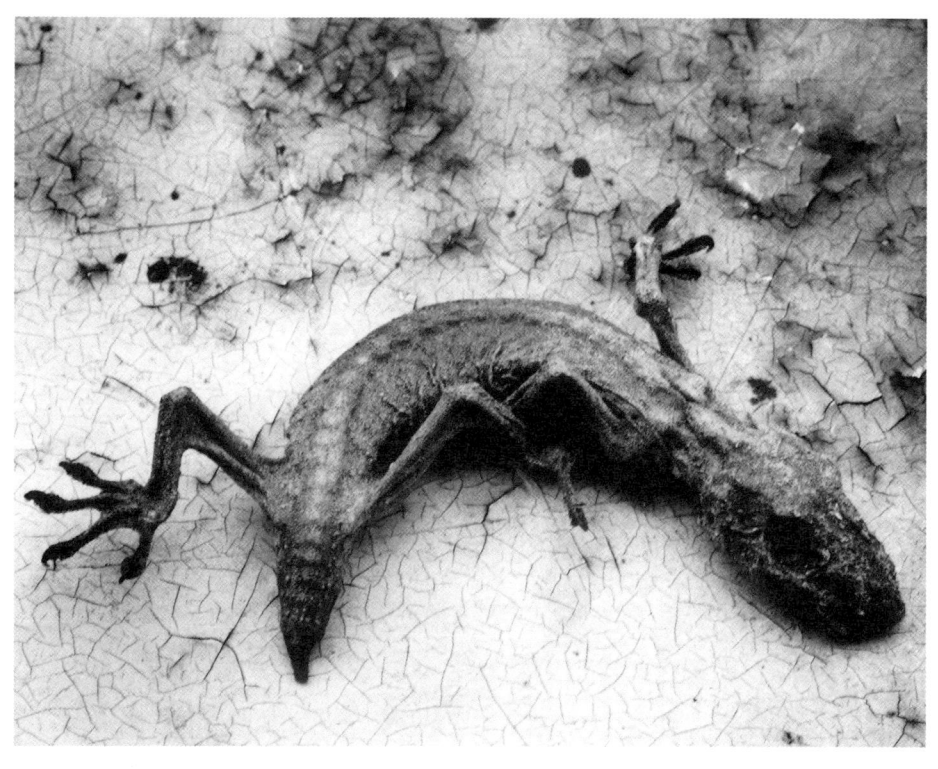

残 败 的
桌 子

这样的日子
想起了阳子

独自一人住的百岁老婆婆
走了,
家被推倒了。
Chiro最喜欢的柿子树
也给砍了。

这是什么？
喵……

啊,
要盖成墓地吗?

空景也变得无趣了。
喵……

喵……

还不快出来吗。
喵……
跳到房顶上玩玩儿吧!

独自走在 | 东京日和的路上

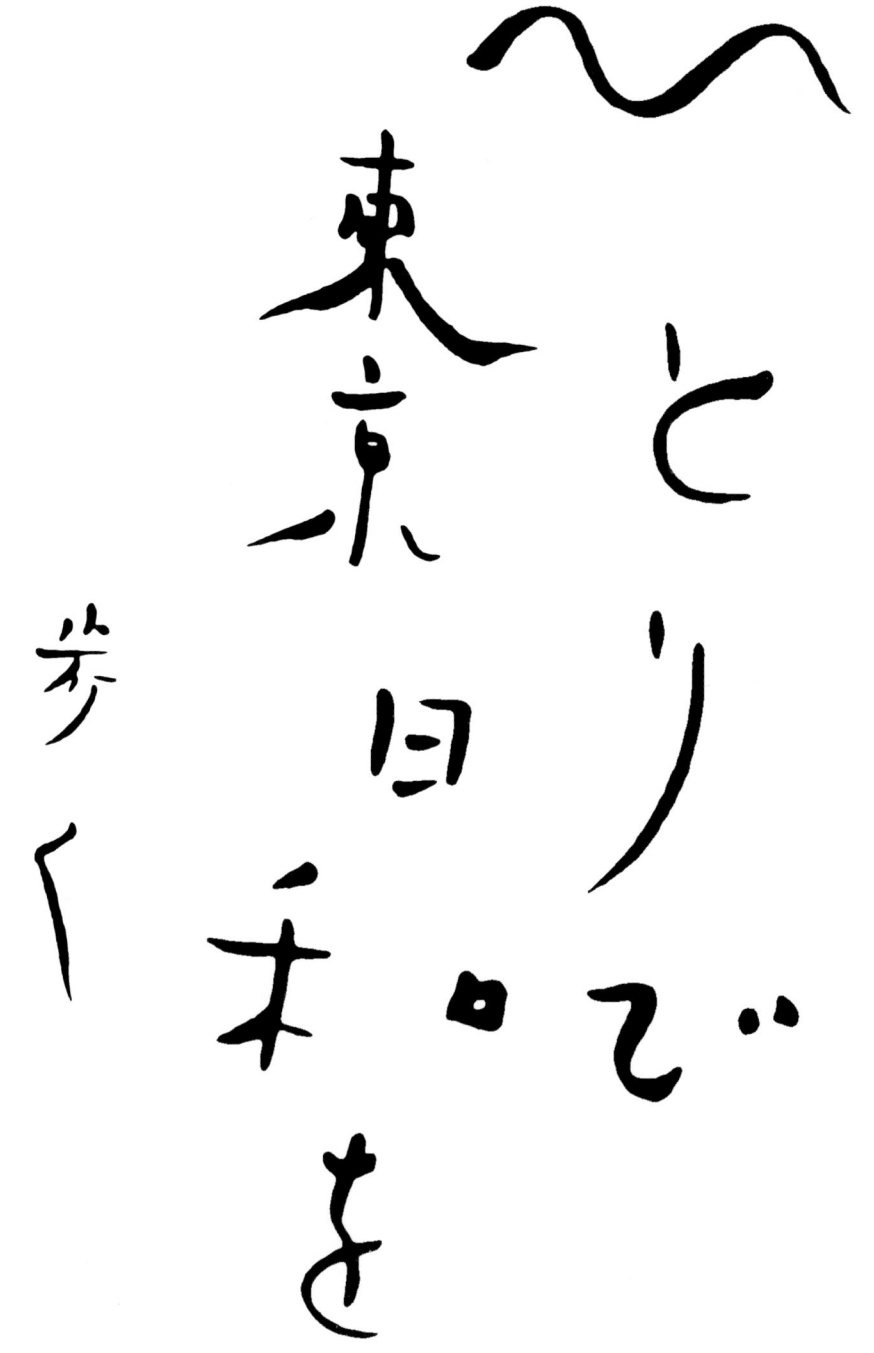

ひとりで
東京日和を
歩く

一所新房子建立起来，从露台看过去，景致彻底不同了。

阳子身体还好的时候曾说过："咱们是不是赶紧搬回市内呢。在上野、根津附近找所旧房子，独栋的那种。"

上高中那会儿（我在上野高中，阳子在白鸥高中），经常到不忍池[1]附近玩耍，很喜欢那一带。横山大观[2]的故居就在那里，真想住在那样的地方。

今天一早起来，就是一个绝好的东京日和的天。觉得久未有过的好心情回来了，应该可以在东京走走了。边思念着阳子，边独自走在东京日和的路上。拿着莱卡相机，装上彩色胶卷，把拍出的景致献给阳子。

运动便鞋不行，一定得穿上锃光瓦亮的皮鞋。莱卡也不是背在肩上，要挂在脖子上。带了二十卷（别人偶尔送的）柯尼卡胶卷。用莱卡，拍彩色的，用35mm镜头。

可是去哪儿呢？假如是阳子，会去哪儿呢？还是去青山一带吧。

---

1 不忍池：上野公园内的一个天然池。
2 横山大观（1868—1958）：日本著名画家。所创作的无线条主彩画风，现被称为"朦胧体"。巨匠去世后，其在东京上野池之端的故居被辟为纪念馆对外开放。

出了豪邸（温莎贫民窟豪德寺[1]），
走在每次都走的路上，
想着到底要去哪儿。
在小田急车站，
决定还是去根津那一带吧。

---

[1] 温莎贫民窟豪德寺：荒木对自己宅邸的戏称。

在代代木上原,
换上千代田线,
到根津下车。

过了异人坂[1],
在弥生町漫步。
发现佐藤八郎[2]纪念馆,
很是不错。

---

1 异人坂:原是明治时代东大外国教授去不忍池或上野公园散步,要走过此街,俗名称之为"异人坂"。
2 佐藤八郎(1903—1973):诗人、童谣词作家。

住在这种地方也很不错嘛。
喂,
猫咪,
猫咪,小猫咪。

下了幽灵楼梯[1],
有上海楼、
根津教会和四轩长屋。

---

[1] 幽灵楼梯：上了异人坂，穿过根津神社后的一段楼梯。傍晚行人稀少，据说上楼梯与下楼梯的台阶数往往不同，因而被称作幽灵楼梯。

哦,
房顶上的猫也安静了。

这条路不错,
理发店小巷。

S坂，
好像内田百间[1]当时曾寄宿在此。

---

[1] 内田百间（1889—1971）：夏目漱石门下的日本小说家、随笔家。其诙谐而古怪的行状和其作品，一起留在了近代文学史上。

根津神社。
到处是猫和鸽子。
在长椅上吃了便当。

（东京猫街）
再来点儿。
和猫待在一起，
感觉真舒服。
根津神社。

爱染通。
真喜欢这条道,
还有这十字路口。

谷中二丁目、四丁目。
不穿过墓地走了，
阳子曾为此发过火，
对吧？

看 了 看 玳 瑁 店 [1]，
去 往 日 暮 里 。
木 村 伊 兵 卫 [2] 的 家 在 哪 儿 呢 ？

---

1 玳瑁店：在此指谷中的玳瑁眼镜店。
2 木村伊兵卫（1901—1974）：20世纪日本最为知名的摄影家之一。其现实主义摄影在第二次世界大战前和20世纪50年代曾产生了很大社会影响，尤以对东京和秋田县的社会生活纪实而闻名。

再走两步就到羽二重团子店[1]了。
要是和阳子一起来,
肯定是休息休息,
大口吃两个的。

---

[1] 羽二重团子店：江户年代开业至今的和果子专卖店，是有着三百年历史的老店。口味有两种：一种是用生酱油烤制的团子，另一种是带甜馅的紫薯团子。

在根岸柳通街的香味屋，
点了牛肉饭和啤酒，
阳子很喜欢这家店。
一桌上有三个老人，
两男一女，
他们点了蛋包饭和咖喱饭，
边吃边商量同学会的事情。
会费每人一万日元含税。
服务员是蛮有姿色的民女。
"甜品要点儿什么？"
"奶茶。"
我点的是咖啡。
大便去。

好像骑自行车两手大撒把
曾走过这条坡路吧。
东京之星的扇博子[1],
是从这儿起家出名的。

从入谷出来,
到了三之轮,
本想去千住,
算了吧。
去莺谷。

---

1 扇博子(1945年2月14日—):日本"演歌"歌手。

穿过上野公园,
到了不忍池。

鸭子在水里游。
久久地看着映在水面的夕阳。
快回去时,
与一对高中生恋人擦肩而过。
女生拿着麦当劳纸袋,
一看就是白鸥中学的
(大大的胸章上印着雪花图案),
高年级男生摘了硬领。

后 记　｜　荒木经惟　文

独自走过,拍完了《东京日和》。这不是我献给阳子的,而是阳子献给我的。也许是从彼岸看到此岸的风景,是阳子拍下的。于是,由色影变为光影。从与阳子相识之日开始的我的摄影生涯,也就结束了。

　　之后,我该怎么办呢?嗯,先在沿河(也就是荒川嘛)玩玩儿吧,躺在那里仰望天空,任由河流带我行。休息一下。

一九九三年正月